ÉMILE BLÉMONT

POUR

LES INONDÉS

STANCES.

Dites pour la première fois au bénéfice des inondés
le 15 juillet 1875
par M. MOUNET-SULLY

PRIX : 50 CENTIMES

PARIS

ALPHONSE LEMERRE ÉDITEUR

47, PASSAGE CHOISEUL, 47

1875

POUR

LES INONDÉS

ÉMILE BLÉMONT

POUR

LES INONDÉS

STANCES

Dites pour la première fois au bénéfice des inondés
le 15 juillet 1875
par M. MOUNET-SULLY

PARIS

ALPHONSE LEMERRE, ÉDITEUR

47, PASSAGE CHOISEUL, 47

1875

POUR

LES INONDÉS

'EST l'heure du repos, du silence et du songe :

Il pleut dans la nuit noire; aucun reflet, nul bruit;

Rien qu'un ruissellement qui sans fin se prolonge

Dans l'immobilité, le silence et la nuit.

Mais quel écho lointain rampe sous le ciel sombre ?
Est-ce une armée en marche, est-ce un tonnerre errant ?
Le tumulte s'accroît, il vient, il emplit l'ombre ;
Ce sont les flots, ce sont les flots, c'est le torrent !

Alerte, paysans endormis dans les granges !
Alerte, mariniers ! les eaux sont en courroux.
Alerte ! Entendez-vous gronder ces bruits étranges ?
Ouvriers des faubourgs ! alerte ! éveillez-vous.

Les quais sont submergés, et les épaves roulent.
Les eaux montent ; les eaux, avec des fracas sourds,
Rompent les ponts massifs, dont les piliers s'écroulent.
Chaque obstacle rompu précipite leur cours.

Vous qui dormez si bien au milieu des ténèbres,
Debout ! si vous tenez à revoir le soleil.
Debout, debout, debout ! voici les flots funèbres,
Voici venir la nuit qui n'a pas de réveil.

Tous ensemble soudain, ils se sont dressés, pâles.

Pieds nus, ils vont chercher à tâtons les flambeaux.

Ils écoutent : le vent semble apporter des râles

Et les croassements d'innombrables corbeaux.

C'est l'eau, c'est l'eau partout ! où fuir ? ô nuit perverse !

Le sol manque ; on marchait et l'on est entraîné.

La porte, la fenêtre éclatent ; l'eau renverse

La mère à moitié nue avec son nouveau-né.

Ceux-ci des escaliers ont enjambé les marches ;

Sur le toit, l'œil hagard, ils scrutent l'horizon ;

Mais le flot, charriant les madriers des arches,

Enfonce sous leurs pieds les murs de leur maison.

D'autres, pris et broyés dans la chute des poutres,

Ont des convulsions de fous ou de pendus ;

Et sans trêve sur eux le ciel crève ses outres,

Tandis que le flot lent monte à leurs bras tordus.

L'espace éteint les voix, les sanglots, les cris rauques,
Et le mugissement du bétail effaré
Se mêle au caverneux roulement des flots glauques,
D'où semble s'élever un long *Miserere.*

Troupeaux, bergers et chiens, moribonds et cadavres,
S'en vont à la dérive au milieu des débris.
Nul secours, nul espoir, pas d'îlots, pas de havres !
L'espace éteint les voix, les sanglots et les cris.

Vers le vieux cimetière où s'effondrent les marbres,
Un berceau tournoyant échoue entre les croix ;
A peine émerge encor la cime des grands arbres
Sur le mouvant désert que rident les vents froids.

En vain les naufragés, à bout de résistance,
Font un suprême appel : le gouffre répond seul ;
Le niveau de la Mort passe sur l'Existence.
Tout s'abîme et se perd sous un vaste linceul.

Dans le ciel mat, le jour confusément se lève;
Un jour éploré, blême. Ah! maintenant venez,
Venez, vous que la vague a laissés sur la grève,
Et tentez de sauver quelques infortunés!

Affrontez le courant sous le mur qui chancelle.
Allez, ramez, luttez, revenez triomphants!
Vers vous la terreur clame, et vers votre nacelle
Des bras tendent là-bas de tout petits enfants.

Bien! bien! ils ont battu, les nobles cœurs de France!
O l'élan fraternel, les martyrs, les héros!
Sois béni, cher pays, où les cris de souffrance
Ont toujours éveillé de sublimes échos!

Mais devant le péril s'il ne fut pas un lâche,
Si de la France alors tous ont bien mérité,
Ici, n'avons-nous pas, nous aussi, notre tâche?
Qu'il ne soit pas chez nous un cœur sans charité!

Hélas! le groupe errant des misères fiévreuses
Grelotte aux vents trempés qui soufflent du ciel noir;
Pensons aux malheureux, surtout aux malheureuses,
Qu'épargna le trépas, mais non le désespoir.

Oui! votre âme s'émeut, votre main secourable
S'ouvre à tant d'infortune. Ils pourront réparer
Ce qui dans leur malheur n'est pas irréparable,
Ces braves gens, aux yeux rougis de tant pleurer.

Riches, la charité rend saintes les richesses;
Pauvres, il faut prêter à ceux qui n'ont plus rien :
Travailleurs et soldats, bourgeoises et duchesses,
Unissez l'or joyeux au cuivre faubourien.

Donnez, mères, donnez pour tant de mères veuves;
Donnez, enfants, pour tant de petits orphelins
Agenouillés en pleurs le long des larges fleuves,
Dont les flots des débris de leur bonheur sont pleins!

Donnez! en vous privant de voluptés légères,

Vous rendrez à l'espoir bien des cœurs généreux;

Donnez! nulles douleurs ne nous sont étrangères.

Soyez bons! vous serez plus dignes d'être heureux.

IMPRIMÉ PAR J. CLAYE

POUR

A LEMERRE, LIBRAIRE

A PARIS.

[illegible]

[illegible]

[illegible]

[illegible]